BORIS Y BELLA

TEXTO: **CAROLYN CRIMI**

ILUSTRACIONES: **GRIS GRIMLY**

Picarona

Puedes consultar nuestro catálogo en www.picarona.net

BORIS Y BELLA
Texto: *Carolyn Crimi*
Ilustraciones: *Gris Grimly*

1.ª edición: noviembre de 2021

Título original: *Boris and Bella*

Traducción: *Raquel Mosquera*
Maquetación: *El Taller del Llibre, S. L.*
Corrección: *Sara Moreno*

Edita: Picarona, sello infantil de Ediciones Obelisco, S. L.
Collita, 23-25. Pol. Ind. Molí de la Bastida
08191 Rubí - Barcelona - España
Tel. 93 309 85 25
E-mail: picarona@picarona.net

ISBN: 978-84-9145-508-0
Depósito Legal: B-14.382-2021

Impreso en ANMAN, Gràfiques del Vallès, S. L.
C/ Llobateres, 16-18, Tallers 7 - Nau 10, Polígon Industrial Santiga
08210 - Barberà del Vallès - Barcelona

Printed in Spain

Para Michael S., mi demonio favorito
C. C.

Para Elizabeth
G. G.

Bella Lasquito era el monstruo más desordenado de Villasusto. Su baba era la más viscosa; su mugre era la más mugrienta. Sus pilas de mollejas de lagarto bloqueaban las puertas y sus montones de colas de serpiente desbordaban sus encimeras. Ninguno de los otros monstruos podía soportar el desorden de Bella, así que vivía sola.

Boris Limpitoff era el monstruo más ordenado de Villasusto. Aspiraba sus murciélagos, desempolvaba sus telarañas y pulía sus pitones a diario. Nadie podía soportar las costumbres quisquillosas de Boris, así que vivía solo.

Bella y Boris eran vecinos. No se llevaban bien.

— ¡Limpia esos viejos calderos oxidados! ¡Estoy harto de tu jardín desordenado! –gritaba Boris.

— ¿No puedes hacer que esas escobas embrujadas dejen de barrer? ¡Me están volviendo loca! –le gritaba Bella.

Y así era, día tras día.

Cuando Bella organizaba una *barbuucoa,* no invitaba a Boris.

Y el Día de San Valentín, Boris enviaba forúnculos de gárgolas cubiertos de chocolate a todos menos a Bella.

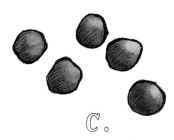

C.

Forúnculos
de gárgolas

Las tripas de cabra son rojas.
Las colas de rata son rosadas.
Bella es una aburrida
y el olor de sus pies me da arcadas.

A.

Poema

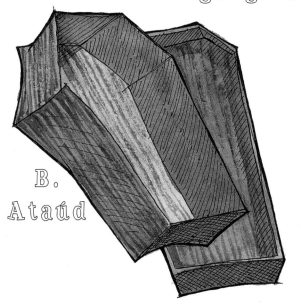

B.

Ataúd

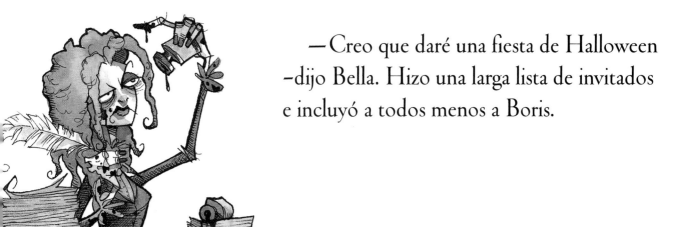

—Creo que daré una fiesta de Halloween
-dijo Bella. Hizo una larga lista de invitados
e incluyó a todos menos a Boris.

Cuando Boris se enteró de la fiesta de Bella,
decidió organizar la suya propia. «¿Quién
necesita la estúpida fiesta de Bella?»,
pensó. Invitó a todos menos a Bella.

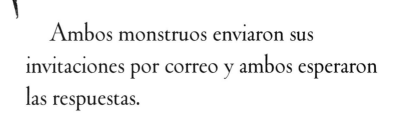

Ambos monstruos enviaron sus
invitaciones por correo y ambos esperaron
las respuestas.

—No voy a ir a tu fiesta –le dijo Frank Stein a Bella.

—¿Por qué no? –gritó Bella.

—Voy a la fiesta de Harry Bicho. Sus pelusas de polvo no muerden y hace unas magdalenas de oruga deliciosas.

Los monstruos llamaron a Bella durante el resto del día. Todos iban a ir a la fiesta de Harry Bicho en lugar de a la suya.

Mientras tanto, más monstruos llamaron
a Boris por *su* fiesta.

   —No puedo ir a tu fiesta –dijo Morrie Momia.

   —¿Por qué no? –preguntó Boris.

   —Estaré en la fiesta de Harry Bicho. A él no le
importa si las garras dejan marcas en el suelo.

La noche de Halloween se elevó con alas de murciélago. Hacía frío y estaba oscuro, era la noche perfecta para una fiesta.

Bella se sentó sola en su cueva desordenada.

—¡Maldito seas, Harry Bicho! ¡Mi fiesta hubiera sido un éxito absoluto!

Boris se sentó solo en su ordenada mazmorra.

—¡Maldito seas, Harry Bicho! ¡Mi fiesta habría sido espantosamente divina!

Bella salió dando pisotones de su cueva. Iba a decirle a Harry lo que pensaba.

Boris salió furioso de su mazmorra. ¡Cómo se atrevía ese Harry Bicho a arruinarlo todo!

—¡Fuera de mi camino! —gritó Bella. Empujó a Boris a un lado y entró en la fiesta, dejando huellas de barro por todas partes.

—¡Fuera de *mi camino!* —exigió Boris. Empujó a Bella hacia atrás y se limpió los pies en la alfombra.

Los invitados no podían oírlos. Estaban demasiado ocupados aullando y chillando.

–¡GRRR!
–dijo Bella.

–¡GRRR!!
–dijo Boris.

Bella y Boris se acercaron al *buufet*. Bella olió el estofado de saliva de serpiente.

—No es tan baboso como el mío –dijo.

Boris mordisqueó una magdalena de gusanos.

—Demasiada magdalena, poco gusano –murmuró.

Bella vio a algunos monstruos jugar a Colocar la Cabeza al Jinete sin Cabeza.

—Qué aburrimiento –se burló.

Boris miró a los monstruos intentando atrapar ojos.

—Menudo fastidio –dijo.

En ese momento, la Banda del Hombre Lobo
empezó a tocar el mambo de los monstruos.
Pronto, todos los demonios de la ciudad
empezaron a menearse y sacudirse. Ci Clope
bailaba jazz y el Colmillo daba vueltas. El Hombre
del Saco bailaba mientras los troles hacían piruetas.
Saco Dehuesos conectaba sus huesos de la cadera
a su cuello sólo por diversión. Morrie Momia se
balanceaba tan fuerte que se desenrollaba.

—Míralos –murmuró Bella.

—Están haciendo el ridículo –dijo Boris.

La música sonaba mientras los dos monstruos veían a los demás pasar un buen rato.

Bella suspiró. Le encantaba bailar.

Boris miró al suelo. Hacía mucho tiempo que no bailaba.

Bella miró a Boris con timidez.

—Tal vez deberíamos enseñarles cómo se hace –dijo.

Boris sonrió.

—Podríamos intentarlo –dijo.

Cuando Bella y Boris se acercaron,
descubrieron algo asombroso.

—¡Tienes la altura ideal! –gritaron.

Los dos monstruos se movían de un lado a otro al ritmo de la música perfectamente. Bailaban tan bien que los otros monstruos se retiraron de la pista de baile para mirar.

—¡No está mal para un enemigo de la mugre como tú! –dijo Bella.

—¡Y tú eres bastante buena para ser la reina de lo inmundo! –dijo Boris.

Después de su baile, compartieron una copa burbujeante de baba de necrófago. Cuando Bella se limpió la boca con la manga, Boris no dijo una palabra. Y cuando Boris limpió su taza con su pañuelo, Bella no se burló de él.

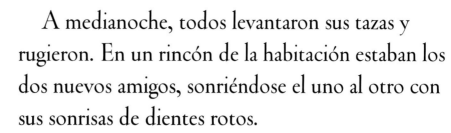

A medianoche, todos levantaron sus tazas y rugieron. En un rincón de la habitación estaban los dos nuevos amigos, sonriéndose el uno al otro con sus sonrisas de dientes rotos.

—¡Feliz Halloween, Boris Limpitoff!

—¡Feliz Halloween, Bella Lasquito!

A partir de aquella noche, Bella trató de ser un poco más ordenada. Boris trató de ser un poco más desordenado. Y cuando llegó Halloween al año siguiente, organizaron la mejor fiesta que Villasusto había visto jamás...

... juntos.